17歳のポケット

集英社文庫

本書は1996年6月、集英社文庫として刊行されたものを再編集しました。
単行本　1993年6月　集英社刊

本文の一部に色ムラなどが生じていますが、
印刷方式の異なる元本をデータ化する工程上、避けられない現象です。
ご容赦ください。（集英社文庫編集部）

アート・ディレクション：三嶋典東
本文レイアウト・デザイン：テンネット・ワークス
企画編集協力：KK.インターメディア　小岩　洋
編集協力：小林良介
作品写真複写撮影：溝口清秀
新装版本文デザイン：目﨑羽衣（テラエンジン）

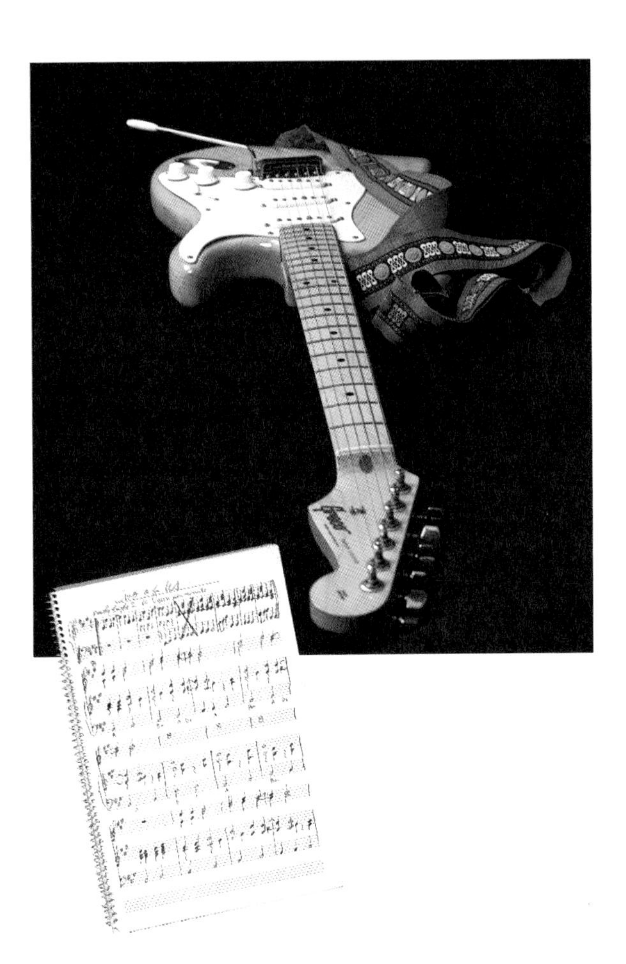

♬かまちが愛用していたギター

「考えなければならないこと」

ぼくが考えなければならないことはなんだろう。
ぼくは、自分を「進んでいく」と認識している。
つまり、ロケットがある方向へつき進むように、
どこかへ向かって進んで行く、
進んで行く途中である、と感じる。
それはなぜだろう。
それは時間の認識とともにある。
昔の、いつものぼくと違うぼくがここにいるし、
昔の、いつもと違う世界がここにある。
だから時間が感じられるし、
方向は、未来へ向かって進んで行くのである。
未来へ向かって時間が進んでいるからこそ、
こうやって何かが起こるし、
ぼくが存在することができるのだ。
時間がなければ存在はあり得ない。

存在とは、時間と空間を占めるものだからである。
しかしなぜ人間は、
空間と時間という二つの座標を認めるのだろう。

そのほかには本当に何もないのか。

ぼくたちは存在しているものであり、
空間と時間を占めている。
この空間と時間の世界にだけ、考えることは存在し、
その考える力では、
空間と時間の考え方しかできないのだ。
……ろうか。
ということは、
すべてを考えることは
考えることにはできない相談なのだろうか。

〈鳥の想い〉

「1月1日　1977年」

私に負けということはない。
すべてに勝つ能力を、私は持っている。

私に負けとういことはない。
あらゆる逆境に、私は勝つことができるのだ。

全ての悪事に、私は張りきって戦いをいどむ。
そして私が戦いを始めたならば、
私の勝利は疑う余地さえないのだ。

すでに負けてしまった人々よ！

私の後に続け！
悲しみを持った人々よ！
私の背に触れその強さを見よ！
私に苦しみはなく、不幸はみな消滅してしまう。

私に絶望はなく、希望ばかりが生まれ続ける。

そばに居て手をとれば、
幸せはいつもあふれ、空気は喜びでいっぱいになる。

悩むことのない青い世界が広がりはじめる……。

かまち
　かまち
　　雪が呼んでいますよ

眠かな夜も

雪が　　雪が……

かまち
　かまち

雪が呼んでいますよ

降る　　降る

どこからかそっと　　夜に

鈴の音もいつかやみ，闇の中に火がひとつ…

なにも耳では聞こえないが

ぼくの中に　どこかで　叫ぶ
誰かが　　　　雪が　呼んでいますよ

ぼっと燃えたチョコレートも

ああ　　ああ　　いい

かまち　　かまち　　どこかで呼んでますよ…

〈木と月〉

時計のネジをまこう。

ぼく　ぼく　　　　ぼく

幸せになりなさい。

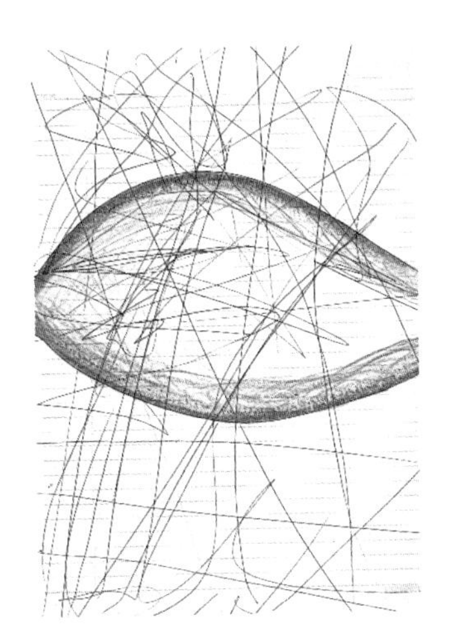

〈ふくらんでいた作品〉

心をうちこめなくて
どうして
いい作品ができるというのだ。
できっこない。
心をうちこまない生き方に
どうして
いい結果が訪れよう。
訪れるはずがない。
汚れをすべて取りのぞくことだ。
幸せになることだ。
心を何の雑念もなく打ちこめることだ。
誤りを正しく把握することだ。
本当にいいことは幸せな人にだけできる。

〈月光〉

なにか、ぼくに、
新しそうな物があったら、見せてくれないかい？
何も見ることができなくなっちゃったんだ。
何も見ることのできない目でも、
見える物が世の中にはあるっていうことを聞いた。
だからそれを捜しておくれよ。
ぼくだって捜してる。
でも君も捜しておくれよ、
ぼくのために……ぼくのためにさ……。
どこかにきっと……という希望的な言葉はもうやめて、
きちんとした確かな音をとらえようよ。
ぼくにはわかるような気がするんだ。
すべてよくなった明日が。

君はいったい何をやっているのか。
飢えていなけりゃ人間は何かできない。
なぜなら飢えていなければ
何かする必要が全くなくなってくる。
その時は死ねばいい。

〈心の病〉

知識がひとつでも多く、
考える力がすこしでも大きく

〈星空〉

〈地の果て〉

自己中心

俺に何を食わせようとするのだ
誰にも心を開くな
俺に心を開く人間はいない。
心を開くな
心を開くな
心を開くな
心を開くな
心を開くな
心を開くな
心を開くな
心を開かない俺は自由だ
何に束縛されよう
心を開かない俺は自由だ
自由はここにある
心を開かない俺が自由だ。
自由こそ俺のものだ。
自由こそ自由だ。

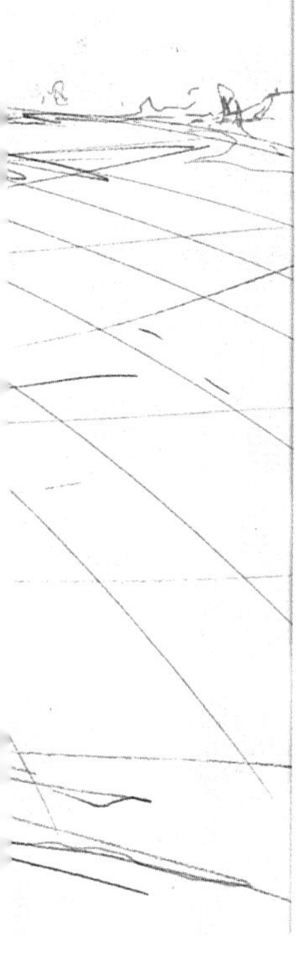

わかり合うことが愛なら
ひとりぼっちの人たちが多すぎる
愛も知らないで愛を語り　ひとりぼっちで死んでいく
これも神さまのさしずなら　神さまなんていらないね

〈無題〉

〈わたしの世界へようこそ〉

悩める者よ
救ってあげる
苦しめる者よ
みな捨てて
この私のところへ
いらっしゃい
仕事のできる人にならせよう
私がそれをひきうけよう
心配なことを考えているのだろう
それについて答えてあげよう
「ない」
「ない」という意味を知ってるかい
「ない」んだ、苦しみは
「ない」

すべての物に対して、
私達は、好きであり、嫌いであるのだ。
ただある時において嫌いだとしても、
好きになることは十分ありうるのだ。
ただその人の一生と、
ある時期だけに関してだけ言うなら、
変化させることはむずかしいだろう。
すべて在るものが影響してなにか見る物は成り立つ。

ただ、信じると誤る。
決定すると誤る。
決定は常に仮定でしかないのだ。

〈無題〉

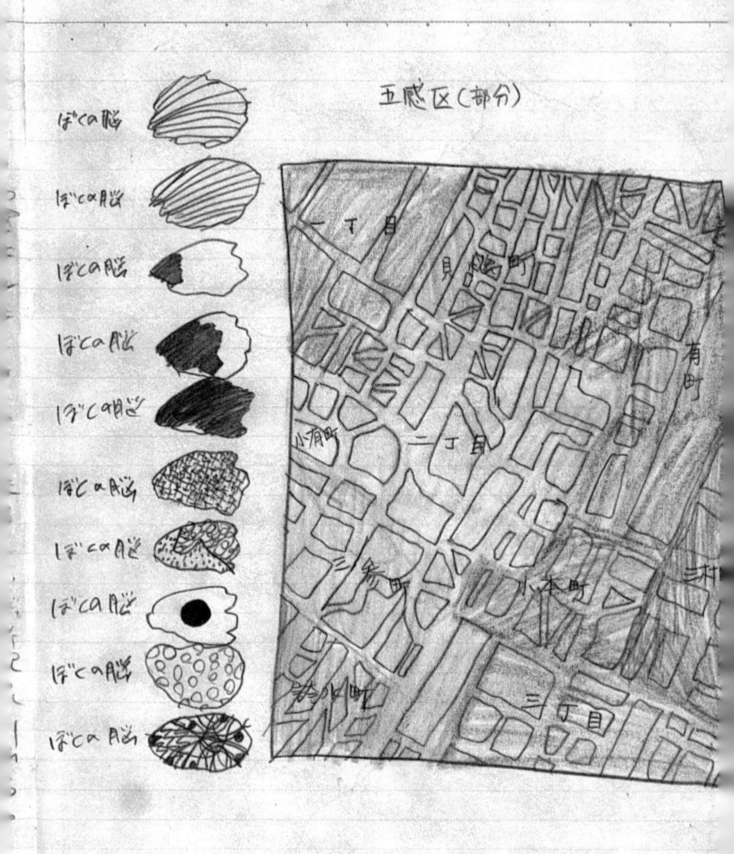
11.5.29 SUNDAY
ぼくの脳
ぼくの脳
ぼくの脳
ぼくの脳
ぼくの脳
ぼくの脳
ぼくの脳
ぼくの脳
ぼくの脳
ぼくの脳
五感区（部分）
一丁目
有町
小有町
二丁目
小本町
三丁目

考える材料はたくさんある。
無限的にある。
したがって考えることが楽しければ、
楽しみは永遠につきないということになるだろう。

岡さんというひとがいて
タイムマシンをこっそり発明した
誰にもいわないで
どこまでも飛んで
くたびれはててもどって来た
体じゅうピカピカにきれいで
まるで宇宙人みたい
恋人は、おどろいて、よろこんでしまった
二人は未来へ行った
そのまま帰らなかった
きっと未来の平和な星で
幸せにくらしているんだ

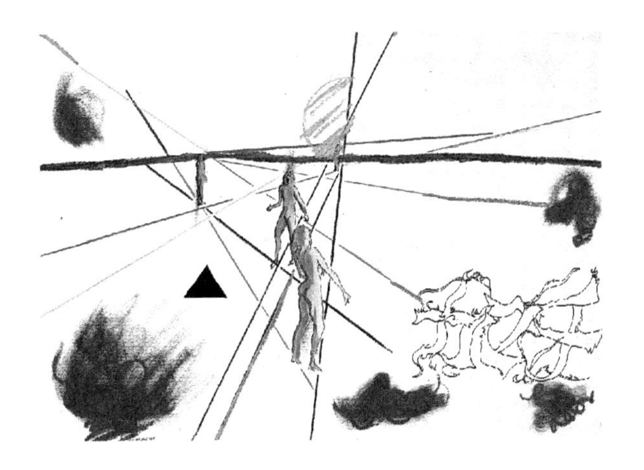

〈地平線〉

「なさけない男の話」

君のおかげで助かった
だきしめてくれてありがとう
自殺すんぜんだったぼくをゆるして
気がくるいそうだったんだよ
君がくるすこし前まで

パラパパラパパッパ！
パラパパラパパッパ！

手をたたいてディスコで歌をうたって帰った
明日からまた始まるぼくらの青春
コーヒーのにおいがしてくる
生きることの確かさが帰ってきたようだ
君に手をひかれて
赤ちゃんのようなぼくだけど
明日からは明日からは
また君を
やさしく守ってあげるからね

とにかく、
体が健康でおなかがいっぱいなら
じっとしていられるわけがない。
うきうきするのが当然だろ。
でもなにかやることなかったら
こんなこと書いてもだめだよな。

ああ……。
うきうきしているだけじゃじれったくてたまらないぜ。

♬和田橋からのぞむ空

理解は自分のため

理解は幸せのとびら

理解は世界を輝かせる。

理解は愛

〈すばらしき世界〉

THEME

テストを受ける時は山田かまちだと思うより、
テストを受け完全な答えを出して点をとるためだけに
存在するコンピューターロボットだと思ってやれ！
自分はテストをやるためだけに存在する、
機械だと思うんだ！

♬高崎高校

〈作品Q〉

価値が大切だ　価値だ！価値だ！

その人にとって価値のあることが　その人は
ほしくなる。

ほしくなってもらいたかったら　その人に
とって価値あるものになることだ。
幸せになりたかったら価値を感じることだ。

言葉は偽りのものだ　把握しろ！
言葉は偽りだ。
何が偽りではないか！
真実のもの！　それは完全なる幸せだ！

完全なる
完全なる

6㎜×35行

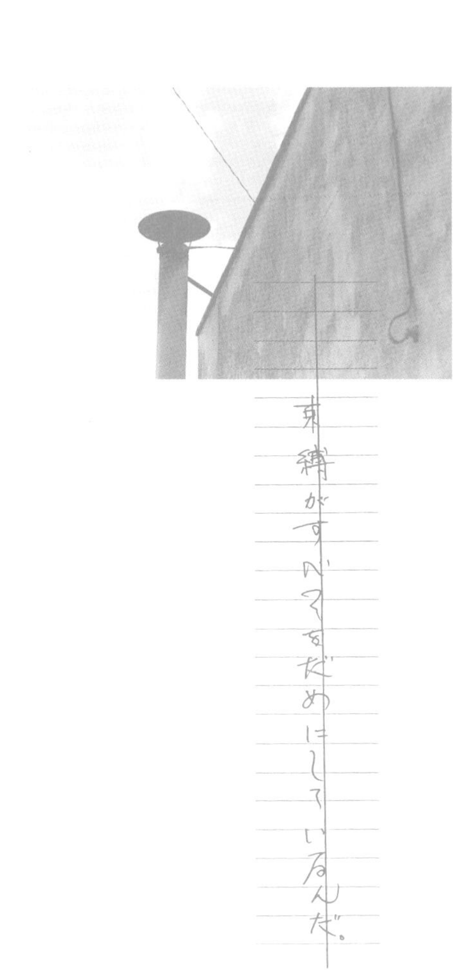

♬倉賀野町中町交差点付近

4.1

すなおになれ、
考えをもつな
幸せになって
考えを捨てろ

〈裸婦〉

何もぼくにはわかり得ないのだ。
すべてぼくにはわかるのだ。

確かなことは何もないのだ。
すべては決定されているのだ。

ぼくは東大理三に現役合格するのだ。
ぼくはトップミュージシャンになるのだ

ぼくは[illegible]をとてもとても
親しいガールフレンドにするのだ.

ぼくはここにいる。
そしてぼくは、山田かまちだ.

♬高崎高校中庭

「真実」

固執するな！　解き放て！　陽を見ろ！
決めつけるな　決まっていることなんてない！

固執しろ　握り続けろ　夜活動しろ
決めろ！　すべては決まっていることばかりだ！

「幸せを信じて」

白い翼をつけて　ぼくが地上に立って　いる
みんなをみおろして　ばかにしてしまう

幸せをみつけたから　幸せをつかんだから
幸せをみつけたから　幸せをつかんだから

ぼくは不幸だと思った
まわりじゅうしらけた物ばかり　不幸だと思っていた
欲しいものはやってこないし
なにをやり始めても失敗ばかり　失敗だと思っていた

ぼくは苦しいと思った
欲しいものさえ何だったのか忘れ
つらくなるばかりの毎日だった
ぼくのうちにポストはいらないし
小犬さえ飼えないんだもの
うらやましくてみじめだと思っていた

ところがある午後
ぼくは学者のように急に考え始めたんだ
何がぼくを不幸にしているんだい？
何がぼくをよごしてしまうんだい？
何がぼくをだめにしているんだい？
何がぼくをぶちこわしてしまうの？
何がぼくを……

どこか遠くの庭に花が見えた
咲いたばかりの小さな花だった
花に神経はあるの？　花に心はあるの？

花　花　花　花　花　花　花　花

考えることをやめて　世界に幸せをまきつづけよう
なぜなら　花に不幸はないのだから

〈殺される音〉

ぼくという人間にはっきりした主張はない。
ただぼんやり不快感から自分を守ったり
逃げたりしているだけだ。
ただ快楽を求めているだけだ。

ビートルズを忘れてはいけない。
音楽の歴史の中には
必ずビートルズが存在するんだ。
ビートルズを忘れてはいけない。
音楽をふりかえる時、
必ずビートルズが巨大に存在しているんだ。

♬かまちの部屋に置かれていたステレオ

特徴的なギタープレイ

SAXがひとつのメロディーを印象的に流す

ここぞという時にドラムスがよく効いている。
曲全体を貫くギターはリズムを楽しく、のるようにとっている。

曲がぴしっときまっているのはやっぱり、メロディーのうらがえし おもてがえし、そのメロディーの流れのできかくさにあるだろう。

君が好きだ、うれしい、信じられない という天にのぼるような若い気持ちがよく出ている。それはリズムの楽しさであり、サックスの美であり、ボーカルのうまさであり、もり上げ方のうまさ。　やっぱり、幸せをあらわす歌ってのはある。

やっぱりロックはリズムだなあ。それが曲をがっちりまとめてる。ボーカルといっしょになって躍動感。ドラムスの緊張感は躍動にとって必要なもの。

歌詞を、アイラブユー ユーユー とこの単純さでまとめてあるのも面白いものであるから……。

というギターが曲のかんじだ。

人間とは、無限に幸せになれるものである。

それを音楽で実現するのだ。
芸術とは、それを実現すること。
いや、すべての人間の行為は、
それを実現させるためのものである。

「わからない」
と言う前にやろう。

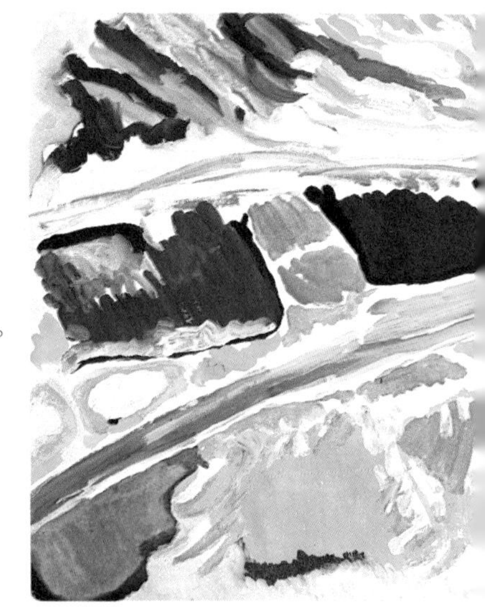

「わからないものはない」のだ。

♬学生証の写真

I wanna

気を紛らわす
そんなばかなこと
ぼくは……

何が彼をそうさせたと思う？　何が!?
自由だよ
何が彼をそうさせたと思う？
束縛だよ！

you that I love you

never leave me

in the morning

っていいんかい？

♬ビートルズのアルバムと楽符

ぼくのバンドには幸せなやつしか入れられない。
幸せでないといい歌はできない。
ビートルズは天才であったのではなく、
心がとても解放された人間であったというだけなのだ。
忙しいとか苦しさが続くとか、
いやな気分になるとかいった、
そういうことがある世の中では、
いい歌をつくるのは難しいことだ。
しかし、彼らのような状態の中にいれば、
ぼくなら絶対できる。あれ以上のことだって……。
恥ずかしがる者ばかりいすぎる。
彼らの世の中では、
あれは恥ずかしいことではなかった。
しかしこの世の中は、
ああいうことを恥ずかしいとしてしまう。
心は解放されない。
恥ずかしいというバカなことを思っている。
それでは何もよくならない。
心を解放し幸せになれば、
すばらしい方向へ飛躍できるのだ。

すべては可能だ。
可能を信じる心がありさえすれば。

判断すると誤るっておれは言うけれど、もっともなんだけど、今のおれは頭にきててまともに考えたくないんだと思うんだよ。でも、考えたくないってのは、けっして考えたくないから言ってるんじゃなくて、考えたくないっていう叫び？の中からなにか新しい手がかりを捜そうとしているんだと思うよ。そういう繰り返しを今までもしてきたし、まだやめることもないだろうな。やめてもいいけどさ。常に手がかりがなくっちゃね。希望ってことだけどさ……。希望的なことがなければそこでおわりだし、今考えれば希望的なことのない状態なんてあり得ないんじゃないかって思うよ。なぜなら、もしその人が「絶望だ！」って叫んでいる時だって本当にその人は絶望してはいないんだ。そう叫んでみて魂の奥の方で手がかりを捜しているんだと思うよ。希望ってものは本当に、のけることのできないもののひとつだね。絶対存在しちゃうんだよ。どんな状態の時もね。

言葉で本当の自分を表そうとすればするだけ、言葉と自分の隔たりを感じないわけにはいかないよ。言葉がすべてを表すと思いこんでる人が多すぎるからだめになってしまうし、どうにもならないのかもしれないね。

♬高校生のころ

結局ロックなんか、
音楽そのものがいいわけじゃ全然ないんだ。
クラシックだってそうだろう。
音楽そのものをつくれ。
アーチストが誰でとか、
そんなことは音楽には関係ないんだ。
イメージと一応の実体をつくること。
現在すべてはイメージで決まっちゃうんだ。

制約されるのはしかたないことだけど、
真の音の力をそだてるんだ。
音楽はうわべだけじゃないんだ。
聞いていると何か、
口で言えない何か、
真の何かが伝わってくるんだ。
それを伝えるための、例えば、
手紙は紙と字だけだけれど、
それで相手の心が伝わってくるだろう。
そういうものだ。

心を伝えるための、
ひとつの方法にすぎないんだ。
だから絵でもなんでも、
なんでもいいんだ。
真の心を伝える、
つまり愛を伝えるための、
高度な手段なんだ。

人は愛を伝えあって、
心を暖め生きている。

愛を伝える方法は数え切れないほどある。
人のすることのすべては、
愛を伝える方法のひとつそのものか、
それに関連したものである。

愛がすべてなんだ。

誰でも音楽をやれる
音楽をやるからにはすべての音楽を聞け
バロックからロックまで
民族楽からロマン派まで
そして君が作るんだ
新しく最高のものを！
レコードのジャケットを自分でかけ！
自作のブックレットをつくれ！
「できない」という証拠がどこにあるんだ
体調を整えろ！　欲求を満たせ！
最高に自由に作れるところでつくれ！
束縛をなにもうけずにだ
幸せを感じてつくれ！

全ての音楽をよく聞き
まず尊敬し
つぎに見下し
全部奪ってやれ、やるんだ
やるんだ
やるんだ
やるんだ
体でロックを体験しろ
演奏してつかめ！
全部奪ってやるんだ！
魂でやれ
やれやれ　最高にのってやれ

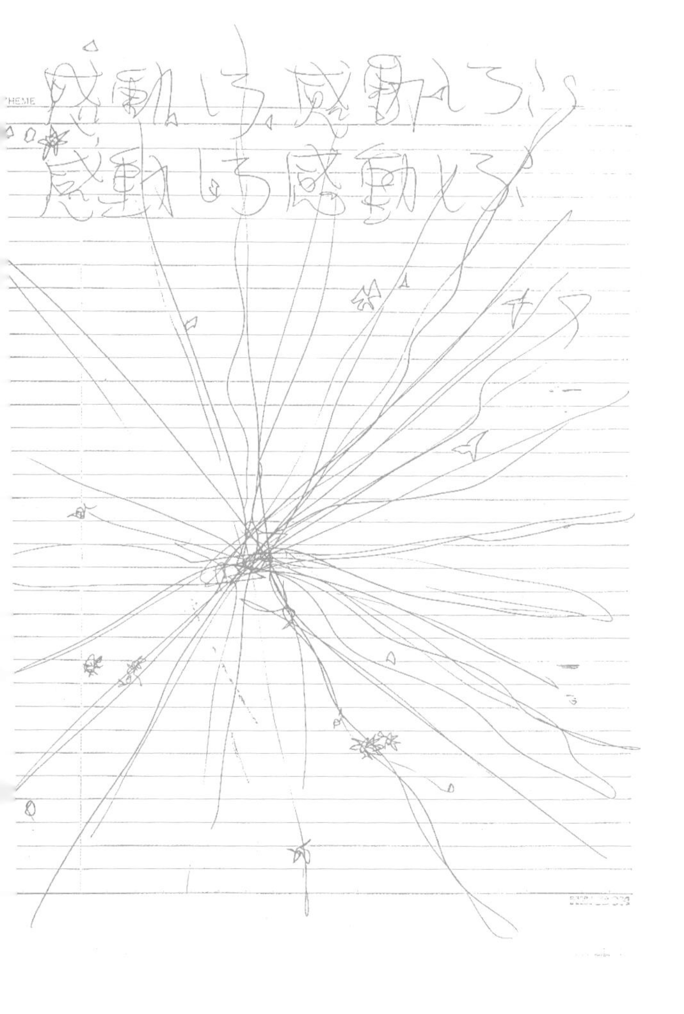
THEME
感動しろ感動しろ
感動しろ感動しろ

THEME

28
Mon.

音楽は語るものじゃない。音楽することだ。

スポーツは語るものじゃない。スポーツするものだ

絵は語るものじゃない。絵するものだ。

勉強は語るものじゃない。勉強するものだ。

物事は語るための材料じゃない。夢中になるものだ!

何もしゃべるな。言葉なんていんちきだ。

詩なんか書くな。字をかくな。

わくを作らないでくれ!

〈緑と青の裸婦〉

愛する人に言った言葉は
なんでもぼくにうちあけること
その人があの高いデパートに行こうと言い出したのは
誕生日　誕生日　誕生日　誕生日

♬高崎高校グラウンド

またこうなってしまった
疲れていて　眠いんだ
住みにくい世の中だと言えば　それは本当のこと
試験の時　書けないことがないように
暗記したり　慣れたりしなければならないけれど
ぼくにはそれがとてもたいへんなことなんだ
眠くて　不快な時間がすぎていく
住みにくいところだと思う

なぜなら　はっきり思い出すんだ
ぼくは　昔　とてもいい所に住んでいた
そこに矛盾らしいことはなくて
いつだっていい気持ちなのさ
明るかったり暗かったり
欲求を満たしてくれる所なのさ

ぼくは今こんな所にいるけれど
それはあのころは　よかったものなのさ

「ぼくの意見」

朝、気持ち良く起きて
ほんとうに気持ちの良い一日を暮らす。
そのためにすべてはあるのだ。
気持ち良い食事
気持ち良い活動

♬烏川からのぞむ聖石橋

気持ち良い愛
気持ち良い眠り
なんのいや気もない生活
そのためにすべてはあるんだ。
好きな事を好きなだけしよう！
それができるようにしよう！

「すてきな気持ち」

世の中は君の思っているより
もっとすばらしいところなのさ
本当だよこれは
ぼくは日本語を使って君を困らせても
君は日本語しかわからないんだろう？

〈群衆〉

ぼくは君をすてきな気持ちにさせてあげたいけれど
それも君の思いこんでる
このいやな世の中じゃできないね
ただ君が感じてくれればいいんだけれど……
この世の中ってとてもすてきだってね

ぼくはすてきな気持ちになる方法を知っている
それは本当はとても簡単なことだけれど
だれでもいやな気持ちになりたければ
それはできなくなる

多くの人は
いやな気持ちになる方法を身につけているけど
多くの人は
すてきな気持ちになる方法を
身につけようとしないんだ
もしかしたら
ぼくがまちがっているのかな
そうかもしれないけれど
ぼくにはどうしても
そう思えないんだ

多くの人が
いやな気持ちになりたがっている時って……
時間はとまっているのかなぁ

常に、気持ちよく起きて
三時間くらいたった時の状態でいられればいい。
でも、それはあまりにも機械的かもしれない。
人間が人間でなくなってしまうだろう。
人間は一日の三分の一を寝て、
起きてから寝るまでの精神肉体の旅を生きる。
それだから人間は人間でありえる。
しかし、今の人間の多くはあまりにも人間らしくない。

だからもしかしてその生き方は誤りかもしれない。
いや、今の人間が人間らしくないという判断も、
そう考えなしに言ってはいけない。
なぜなら人間らしいとは何であるかはっきりしない
……どころか全然わかってはいないのだから……。
そのうえ〝人間らしい〟という（ような）ことが
なぜそんなに出てくるほど重要であるかも、
まるでわかってはいないのだ。

♬鳥川の水面

人は弱いものです　負けてばかりいます
いつも負けて　その上さらに負けています
人の歴史は負けの歴史でしょうか
輝く強さを持った幸せがあったなら
それはすべての最高かもしれない。
強い人　どんな人なんでしょう
人が強くなる必要がないのなら
哀愁のために　悲しむための人
勝利の笑いをうかべる
そしてそれは当然だと　何もよろこんではいない
それでは
いったいあなたは何がいきがいなのですか？
強いとは負けないこと
今日も人は生まれている
だけどそれは
どうしたらいいことなのでしょう

〈卑怯者〉

でも　たくさん人がいてよかった。

幸せな人がいてよかった。

ぼくは幸せな人が好きです。

そして、どんな人が幸せな人なのか

♬観音山頂から見た高崎市

にはわからない。

このノートを見て悲しくなってしまうなんて、とってもおかしな気分だけれど、そう、悲しみというのは、ひどく言えば甘えでもある。
悲しむことのできない人は人じゃないのかもしれないけれど、悲しむことは、ただ、行動の原点の一つの大きな要因にしなくては……。
悲しみに甘えるか、悲しみに打ち勝つか、ということだ。
苦しさのない悲しみっていうのがもしあったとしたら、それは美しいものだろう。悲しみのない苦しさは、苦しいものだろう。
ああ、ぼくも、まともらしいことを書くようになってしまった。
　ここに住みたくなかったって苦しく思うのは、誰でもだろうか。
　夢？　ぼくの場合、夢と現実はいつもくっついているみたい。
「廊下を走ってはいけない」
　もし、うちに、長い廊下があったなら、そう思うだろう。
　ああ、ぼくのうちが、1000階だてのビルディングだったらなあ。一生かかっても探検しきれないだろうなあ。すぐ、金のことを思ってしまうんだ。金さえあれば……って……。

♬かまちが生まれ育った家

♬高崎高校までの通学路であった和田橋

人間は決められた線路の上を、
どうなろうと進んでくだけなんでしょう？
ぼくはそう思いますよ。
輝かしい言葉ばかり吐いている人っていうのは
みんなだめな奴です。
まるで一本のチョークのような……。
本当にわかっている人っていうのは
世の中を見る目の中に必ず
否定と肯定が入り混じっていると思いますよ。
でも、
肯定ぶるのがどちらかと言えばいいと思えますね。

何がいいことか、何がわるいことか。

地球人A「酒、女、セックス、美食、金。」

地球人B「音楽、おしゃべり、スポーツ、旅行」

地球人C「読書、ギャンブル、サイクリング、映画」

地球人D「男、セックス、子ども、編物、水泳」

心の狭い人々め……

〈無題〉

すべて知ってから物事を始めなければ、
完全な物はできない。
中心になることは人間のことと、
その回りの自然のこと。

なぜおれは完全を求めるんだ

♬烏川の河辺に立つかまち

嘘をついておとなっぽく
ふるまってやれ

♬中学の近くに建つ倉賀神社

♬高一のかまち

学歴社会は親から伝わってくる。さびれた大きな倉
上の、空に行けそうだけれど、…あまりにもきたなく汚れる
感じなければ浮かばないようだが、ぼくのまわりに、何も感じ
る。常に成績のことを心配する時間も、眠れない。ぼ
ように見える。体験があっても行くところはない。何か
の生活で眠っているような時までも……。何か突然新し
何が虚なのか、今だにわからない。そして本当なことがある
んてないものなんだ。という気にとらわれる。見失なうこと
やこまっちゃいけないよ。体が腐ってくるだけだよ。体が
んでいるのかい？悩んでもいいけれど、悩みに悩まされてな
らっぽになっている。それにおもしろさが入ってくればいいし、でも、
しまうんだよ。それだから、いつもそこをいっぱいにしておく
ぼくのような子に会いたい。いい成績を持ちたい。いいミュージ
いで消滅させたい。そのいろいろな悪事がぼくを足の
ので、とてもいやだよ。でも、………でも、………ぼくは、…あう！……

屋根みたいだ。　下から見上げた。……　突きぬけてその
こるので、その気もおこらなくなっていく。　美しい旋律は、
がなさそうだな。学歴社会は学校でたたきつけられ
当の眠りは与えられない。　何かひとつのことが終った
たてられるような感じばかり、起きているその時でなく、こ
事がこの頭を襲ってすっかり変えてほしい。・・何が本当で
うかさえ、座なんてことがあるのかどうかも、全くわかるはず
続けてくると、どうにか、こうなってしまうのかもね。静座にと
感じを、君はいつも持ちつづけているんじゃないのかい？悩
みしいんだ。この頭の中に、おもしろさを入れる箱があって、それが一
さは、箱の下にあいてる穴からどんどん、または少しずつ、出ていって
難かしいことかもね。でもきっとそれはできるはずなんだぜ。
になりたい。ごきげんな毎日をすごしたい。目の上のこぶを隔離しな
か頭の方からか、すこしずつ殺してゆくのだ。ような気がする
あう！……あう……あう……あう……。

夢というのは時間がめちゃくちゃなのです。
現実というのは時間が完璧に刻まれているのです。

夢は必ず現実の中のどこかに含まれています。だから、
夢というのは、それのおこる時刻のわからない現実のことなの
です。それは今起こるかもしれず、または1億年の後かも
しれないということです。

高校へ行ってぼくはだんだんバカになっていく。

♬高崎高校内の自転車置き場

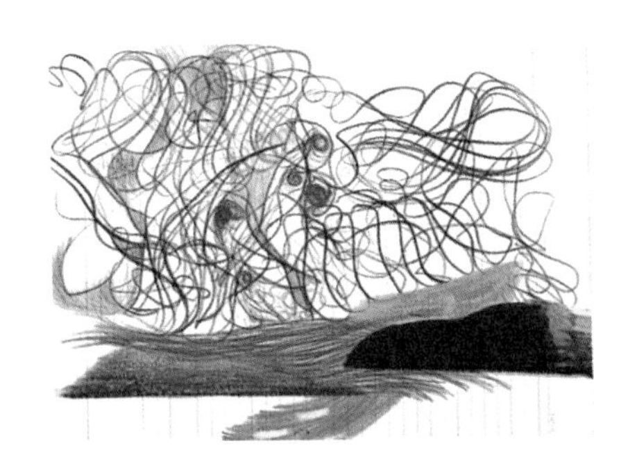

もう書くのなんか飽きたぜ。
考えるのもいやだ。
考えれば考える程バカになっていくだけだよ。
もっと生きさせてくれよ。おれはもっと生きたいんだよ。

本当のことが欲しい。

どこの人たちも
長く生きるとみんな口をそろえてこう言う
「こう思って生きなさい」「これが人の信じる事です」

それはこの世の中に生きていると
つらくいたたまれなくいやでたいくつなことばかり
悲しんでいない方が自然だなんて
いったい誰が言ったんだ

老人達の決めこんだ公式
それはあきらめの道
人間は威嚇されると身も心もすくんでしまう
でもいつになっても理解できない不思議なことは
誰でも威嚇するといい気分

それがすべてなの？
威嚇しあっている人ばかりの世の中

つらくいたたまれなく苦しくなったからといって
老人の言うことを聞いていていいのでしょうか
あなたは自分で自分のやり方を
決定しなくてはいけないのです

なんの悩みも苦しみもなく生きられる道
それが本当じゃないのかしら？
ぼくも毎日毎日ぼくの城を

他人に野獣に風に冷たい雨に破壊されてますけれど

それに突き崩れています
負けてしまっているのです

♬倉賀野駅に向かう途中に立つ家

この部屋にとじこもっていてはだめだ。
「この部屋にとじこもっていた歌」
ができてしまう。

〈作品〉

ぼくは生きていない。
本当に生きる日は
いったいいつやってくるんだろう。

不安と恐れを持っているのはぼくだけなんだ。

ここまで来てとまどう
きのうの希望　そのあとに
くじけないと思った　あの時は
今が苦しい時だと　そのはずで
血がでても　泣けてしまっても

鳥のさえずる森の中
ぼくは見上げて歩いてる

あのころのことは楽しい夢
でもぼくのあの日の燃えた時
帰らない　変わらない　もどらない時

しかし今は楽しい夢

〈接吻〉

そのうち君もなんか空気のように

なくてはおかしい。

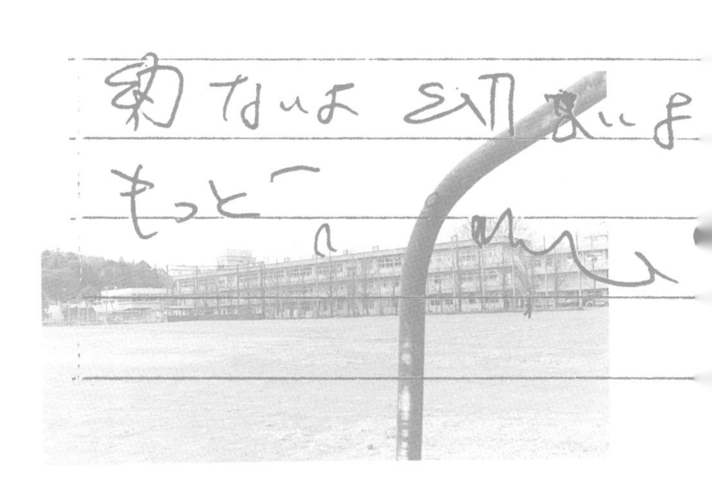

♬高崎高校校舎

みんな なぜだ

〈祈り〉

再び　書き始めることにした。
何か手がかりがつかめたような気もする。
ようなはすべてに着くとして　これからは省こう。
何か確かな言葉で言い表わせることはないのだろうか？
幸せというイメージを描く
すると、暖かさと時には暑さ、冷たさ
そして身をゆだねる物体と
相手になるもうひとり以上の人達。
そして向上的な環境やつきない高度な食品。
科学によってつくられた自然。
永遠につきない喜びの時…。
美しさと興奮とあらゆる快感。
いったい自意識を高めるとは何だ？

言語を利用する方法。
捜し　みつけ出すこと…？

完璧な快感を得るために生きるのだ。
また原点(仮定点)にもどってしまった。
このように考えるのはやめた方がいい。
言うことは必要最低限にしろ
何も考えるな！　快感を高く高く高く得ろ
それ以外に雪が降りはじめる…南の島々に…。

ぼくは不幸者。

ぼくは不幸者。　風にゆられて歩く。　上着が欲しい。

ぼくは不幸者。　他人に不幸を押し売りする。　上着が欲しい。

ぼくは不幸者。　知ることもない。　上着が欲しい。

まるで、目のない宝探しだ。　上着を求めて歩きまわるが、

歩けば歩くほど、遠ざかっているのかもしれない。

♬倉賀野駅付近の木

上着が欲しい。　歩いていいのか、さえ、わかることがない。

ぼくには目がないのだ。　だから穴にも落ちる。　木にも当たる。

ぼくには感覚がないのだ。だから、知ることもない。

ぼくは不幸者。　人に嘘を押しつける。

5.7.

なにもかもがいらだたしくなり、
君のなかになんにもなくなってしまったら。
期待していたことが去り、
そのつまらなさにうんざりし、
望むことすらなくなってしまった時。

ぼくたちは生きている。
ただそのことをかみしめようじゃないか。
ぼくたちは生きている。
そしてまだ何もわかっていないのだと。

苦しい時が過ぎ去り、それさえ消えてしまった今。
夜の星も以前は輝くように見えたものだ。
しかしまるで暗闇におし消されるように映る。
ぼくの目に。

何か楽しみを得ようとしているつもりでも、
こんな時は中途で終わってしまう。
心なんて言葉を思いうかべることばかり。
何も確かなものがないように……。

こんな時もあるのだけれど、それにしても長いもの。
どこかにきっと喜びがあるのだが、
気付くことも忘れているよう……。

明日そして明日と生きていくぼくだけど、
この世界の片隅を
世界の中心だと思いながら歩き続ける。

あくる朝、あくる朝。
どこまでも糸がつながっては走る。
どこかの暗がりに身を沈めようとする……。

〈孤独〉

アキコヨー　アンケート洋インタビュー

1. あなたは何が好きか
2. あなたはとびらを開けるか
3. あなたはいらないものを捨てるか
4. あなたは女が近よるとどう思うか
5. あなたは男が近よるとどうか
6. 走りますか
7. 寝ますか
8. あなたは何がきらいですか
9. きれい　から　かわいい　をとるとどうなるか
10. 美しい　から　きれい　をとるとどうなるか
11. 本とノートはどちらを上におくべきか
12. カンガルーと仲良くなりたい？
13. 牛を ポケットに入れたいですか
14. 君の足はどこまで歩けるか
15. 人の次に美しい生き物は何ですか
15. 馬にのりたいでしょう

16. 影響をうけたものは？

17. クリスマスとくじらの共通点は

18. ~~[illegible]~~ 食事を1カ月していない者に幸せはあると思いますか

19. 今日は楽しいかい？

20 あなたは何をして生きてる？

21 あなたの欲しいものは？

22. 人間は犬とコンピューターとどちらににていますか

23. 青春ということばは好き？

24. 納得のいくことをやりたい？

25. ミョージはあった方がいいか

26. 世の中にはずかしい事というのはありますか

27 やせてるのと太ってるのはどっちがいい

28 うそと本当はどうちがうのか

29 世の中にうそと本当はどちらが多い？

30 紅茶にするかコーヒーにするか迷いますか？

31. 世の中にいやなことといいこと どっちがおおいですか

32. 南極点に立って言うことは？

33. 悲しいことはいやなことかい？

34. ボールを輪に入れられるのと入れるのはどっちが美しいか

35. 結婚式をするのとしないのとでは何かちがう

36. 常識にそって生きることに何を感じる

37. 英語とフランス語，どちらが月に似ている

38. 苦労はするべきかい？

39. イチゴとリンゴは赤く，トマトとトマトジュースは赤い。リンゴとトマトジュースはどうしたらイチゴになるか。

40. 明日ときのうを歌った人はいったい誰？

41. ニューヨークとパリはどっちに住みたいか

42. カルカッタとキンシャサ、どちらが緑か

43. 酒とサツマイモはけんかをするでしょうか

44. 海と陸、現在は海の方が多いけど どちらが多い方がいい？

45. 受話器をガラスにぶつけるとわれるか

46. 天才は人類の何%

47. コカコーラはきらいか

THEME NO. DATE

48. ついてくるのとついていくのはどちらがいい

49. あなたはどこに住んでいるの？

50. かえるとキノコは仲なおりするでしょうか

☆ 後鳥羽上皇はどこに流されたでしょう

判決と[illegible]

人間のいい加減さとか、おかしさとか……。
ぼくに余裕ができた時、
そう感じてどうにもしようのないだるい、
浮くような不快感にうんざりする。

〈サイクリング〉

なにかに夢中になって、時がたって飽きて、
新しい物に夢中になる……が、
そんな物もなくなって、
静かな生活が頭の中にしみこんでくるようになったら、
なにかが邪魔している。
本当。本当。本当の事。本当の事。
本当の事。本当の事。本当の事。本当の事。
望み……望み……望み……望み……望み……。
誰かが何かを言う。
その次に犯される犯罪は、信じる事。
何を信じればいいかっていうのは、
それは、本当の事。
自分が頭に描く本当の事、それを信じる事。
何も不幸のない状態。
今のぼくにはそれがどんなことなのかわからない。
それしか頭に思い浮かばないのだ、すぐには。
すごいいい事をやってのける人、
それには尊敬というような感情が
わき上がってくるけれども、
その人の気持ちなんてわかるものではないし、
たとえ尊敬という気持ちがあっても
それが何になるのか。
待ってる……いい事が起こるのを……
そして実際起こるみたいだし、
それで有頂天になってる。
みんな幸せなんだね。

〈ふたりの裸婦〉

「ある日のデート」

雨の中で会った
雨のふる中でぬれた髪して
会った　会った
車のはねを飛ばされてぬれたけど
ぼくらはコンサート行き
車がそこに停めてあるよ
車で30分
タバコはもうやめたし
ガムもかまないよ
あるのは君の　君の　君の　口びるだけ
雨の中会った
車はそこに停めてあるよ
車はそこに停めてあるよ
コンサート会場まで30分

〈無題〉

美を深く知ろうとするなら、
ある、自分にとって美しいの物を見るとき、
そのすべてが美しいのだと、
陶酔してはいけない。
すべてが美しいということは
ないと言ってもいい。
どこがなぜ美しいのか考えろ。
どこがなぜ美しいと考えると、
すべての美しさが
消えてしまうなどという理論はうそだ。
それは美しさがなぜだか、
まるっきりわからないやつのたどりつく結論だ。
自分だけの感覚を使え！　それをみがけ！
他人の感覚を借りるな。
正しい見解とは口で言う「正しい見解」じゃなく、
感覚で感じるものだ。
言葉の世界で生きると
うその人生を送ることになる。
言葉は万能どころか、
すべてをだめにしちまうんだ。

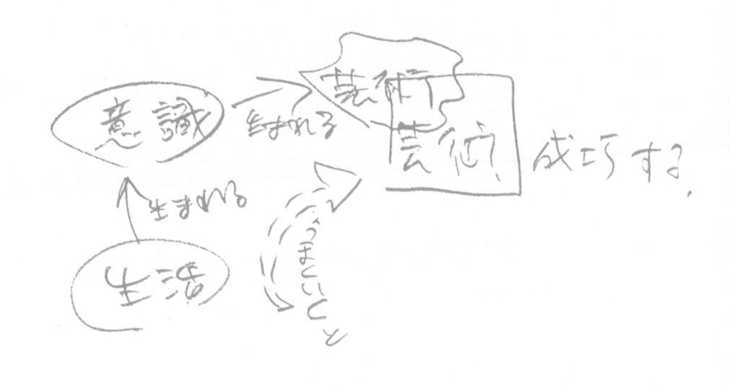
意識
生まれる
芸術
芸術
成功する
生まれる
生活
うまくいくと

〈赤・青・黒〉

〈独り〉

自分に救いを求めよう。
何か自分以外のものに
すべて信頼しきっていたら、
もしそのものが消えた時、
君はだめになってしまうよ。
自分だったら消えることはないし、
消えたらその時からすべての目的は消えるんだから、
自分ほど信じられるものはないよ。

だからこうしよう。
自分さえいればどんな時でも救われている……と。
自分さえいれば、
どんな時でもいいようになろうってね。

「現状で満足してはいけない」

現状でいいと妥協したら、
その瞬間からすべては終わり始める。
現状を、
現状を把握しなければならない。
それは絶対にやらなければならない事である。
最前線はどこか。
最低線はどこか。
そしてその中間はどんな状態なのか。
そして足りないものは何か。
いらないものは何なのか。
いらないものはことごとく捨て去れ。
必要なものは必ず手に入れよ。
そして、自分は、常に、まちがっている、と
認識することだ。

〈緑色の太陽〉

鳥は飛ぶ。
あの大空が鳥の世界だ。
木も山も、
そして人間がつくったビルディングやタワーも、
どんなものも空をはるか下って、
地面にはりついている。
空は高い。
どこまでも高い。
そして鳥は
そこすべてを領域として生きているのだ。
鳥は無口だ。
雨のジャングルに住む鳥は鳥ではない。
彼らは堕落した。
彼らは空をすて、
地面すれすれに降りて来てしまったのだ。
鳥の目は澄んでいる。
空を見つめてすべてに耐え、
また同時に、
恐ろしく強い。
鳥は受けることを知らない。
それはどんな強い人間よりも強い。
鳥は勇ましい。
鳥は無口だ。
そして、

鳥は自然を全うしている。
そしてなによりも、
鳥の姿は非常に美しい。

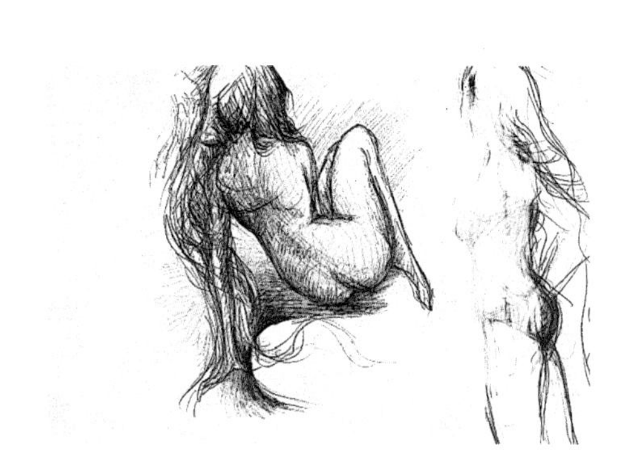

〈後ろ向きの女〉

ぼく、逃げることばかり考えている。
夢まで、そんな夢見てしまった。

まきこが夢にでてきて、
とてもきれいでかわいくて、
ぼくの方を見て、
すこし寂しげな、
泣きそうな顔して、
さっと下向いて、
ぼくが「どうしたの」って聞いたのかな、
そしてまきこは
「なんでもない」って平静に戻った。
その寂しそうな、
ぼくの方を向いた顔が忘れられない！

・ ・

77, 5, 18, 19, 40

力をくれ

こういう青年になりたいとは思っていなかった。人間は、苦しい時は本当に苦しいもの。数々の邪魔物がある……とはぼくは思いたくなかった。ぼくに何か確かなことがあるか。力をくれ。
むずかしい。
ぼくには人間が見えるんだ。
そりゃあ、生きるのがばからしくなる時もある。
でも確かに、生きるのがうれしくなる時があり、
そんな時は、生きるのがいやになったころの自分を責めるのさ。誰に何の罪もない。
言葉は武器だし、すべてはいかにも変化しうる。
管理下にいてぼくらは、自由が与えられていない。
ぼくは、すこしの自由という言葉を使いたくない。
自由とは、100%でなければその言葉自体なくなるのさ。

影響　快感　不快

ぼくのように崇高になると、生きる意味がなくなるのだ。

THEME

NO.
DATE

忘れている忘れている

忘れちゃだめだ。

忘れてなんかいない、忘れているか

忘れなさい、忘れなさい。

KINGDOM

〈無題〉〈裸婦〉

とにかくやってみないうちに
何を頭で考えたってこうでさ

やってやって納得いくまでやれ
自分の好きなことをね。‥‥
好きなことをやりなよ
それが納得いくまでさ
ほんとに
やりなよ
やってから言えよ
それに言うな!
もう、何も言わない男になりな

ぼくは恐れている。
すべてがうまくゆかなくなる事を。

ぼくから去っていくすべて良い事が
去ることなくここにあって欲しい

生活が破壊され　すべて人は人でなくなる
恐しい事はいつも頭の中た黒くかたまっているけれど
それは空想にすぎない事を願う

時としてぼくを襲う激しい悪の、光を妨げる物
なしくずしに幸せをついばみ
不幸をふりまき、こびりつかせてしまう腐った醜い物

ぼくたちの世界は白の世界
暗い魔の物が来るところではないんだ
宇宙はどこまでも白の世界を拡げ

しかし人々はいずれの日か宇宙に追いつき
暗の世界までも見つめなくてはならない日がくる

神はいつも人に背のびきさせ、つきつける報いと言えばその勇気

地球にぼくたちとじこめた神よりも、脱出することのない人をいためつける。
価値という境界が何もかも決め、ぼくらはその壁にへばりつく。

助けてください
助けてください

ぼくより
ぼくさま

〈水色の風景〉

「海」

欲望につきうごかされてぼくは生きているのだ。
欲望は必ずしも美しいものではない。
欲望は必ずしもきたないものではない。
欲望はすこしづつ、そして激しくわきあがる。
欲望のことを考え出すころには、
飽きがその人をつつんでいる。
夢中で何もわからない。
夢中で何もわからないのだ。
欲望は人間の表情をひきしめる。
欲望はまた、人間の表情をゆがめる。
欲望は果たされる。
欲望は果たされる。
信じて行こう、欲望は美しく果たされるのだ。
誤りを正そう、汚れをとりのぞこう。
ぼくたちには正しい住む所、正しい海があるのだ。

「真っ白い船」

聞こえるように彼は大声を出した
それから17分たって　船は出たんだ……

真っ白い船が　真っ青に晴れた海が
真っ白な海の浜から　旅に出る
旗をたてて　水をたるにつみ
軽いジーンズと　明るいTシャツ着て
波をたてて　すこしぬれながら
髪をなびかせて　恋をしゃべりながら
水は深くない　まだ泳げる
サメなんかいないし　かわいいカニが……

青く青く青く　波うった空が
奇跡　奇跡　奇跡
二人の恋を本物にした

真っ白い船が　旅に出る
真っ白などこかから
真っ白などこかへ

何を考えるのかというところまで迷っています。
「迷うことはしないの」
あの子のいうこともとってもよくわかるんだ。
そしてぼくが今思っているのは、
もっと感覚できる人間になりたい……ってこと。

人間でなくたっていいと思っているんです。
感覚したくてたまらないんですから……。
なんのため？
目的なんてないのです。

ただありのままに生きられることが、自然。
何かに夢中になっている人ってとても幸せそう……。
世界を人工衛星に乗って
静かにながめているのもいいんじゃない？
それとも……
とにかくいいかげんなところで
満たされた気になっていないで、
ずっと本当の本当の絶対の、最高の幸せをつかみたい。
すばらしいことをやってのけたいんだ。

日がおちて川の音が聞こえる
しずかな森の中から
紫色した闇が部屋の中をつつむ
これからの夜に
あかりをつけて　用意して
あの子がくるのをまつ
木の箱からとび出したようにほほえんでやってくる
今日は何の日だろう
なんでもないけれど
二人の夜のためにはそれで充分な日
休みはこんなふうにして
すごそうよ
二人の夜のためにとってもいいこと
日がおちて川の音が聞こえる
紫色した闇が部屋の中をつつむ

〈男と女〉

NO

幸せな幸せな人

幸せな幸せな人は

あまり幸せでない人を幸せな幸せな人にする。

〈ふたり〉

〈大きな樹〉

おきまりの言葉だけど愛してる

朝会っておはようの後は愛してる

さよならの後にも愛してる

おきまりの言葉だけど愛してる

〈混沌〜カオス〜〉

境地
逃げずに行き着きたい。
5.7

じっと待つんだ
いつか真実を証明する日がくる
今熱く怒ってしまえばそれもできなくなってしまう
君は今　勝てるつもりなの？

じっと耐えるんだ　静かな心で
いつか君の心はみんなにつたわる
今そのガンを放ってしまったらすべて終わってしまう
君は未来のことを考えられないの？

こおりつくような寂しい心も
なにもかも破ってしまいそうな危険なナイフも
すべて君の幸せをこわしてしまいはしないのさ
その一瞬が君を決めてしまう
乞食になるか　帝王になるか
大切なのは自分を守ることさ

その一瞬だけね

怒りは君じゃない　怒りは悪魔なんだ
悲しみはあなたでなく　悲しみは雨なんだ

思い出す　晴れた幸せな日々が
君を楽しくさせてくれる　素敵な愛が
明日の君にはなによりもすばらしいものなんだ
その一瞬がすべてなんだ
悪魔になるか　君になるか
ふみつけることに何があるっていうんだ　その一瞬

ずっと未来を思ってみるんだ
必ずあふれる涙が君を幸せにする
君は負けてなんかいやしない　負けたのはあいつなのさ
君は今勝てるつもりかい？

「激しく生きよう」

激しく生きろ
激しく生きろ
激しく生きろ
宇宙に飛び出す時代
寝ている時じゃない
ばかな友達が何を言おうが
ばかな教師が何を言おうが
親がどんな顔をしようが
君はよく考えて
自分の幸せをつかむんだ
激しく生きろ
激しく生きよう

〈泣き叫ぶ女〉

これが俺だ
どこへつれていくがいい
これが俺だ
俺の姿はここだけだ
俺を見るがいい
俺をどうするがいい
ただ俺はずっと俺でいてやる
俺でいることに何も汚れたものはないのだ
これが俺だ
俺に何をやらせようという
おまえ達のためにやってやる事は
何もないのだ
ただ俺は俺だ
どこまでも悩み続けるがいい

〈男と女〉

〈乞食は夜泣く〉

何がいいというんだ
何がいいというんだ
感じているのは自分だ
生きているのは自分だ
自分のために生きろ！

あう！あう！あう！あう！あう！あう！あう！

自己中心はいいのですが、
自己中心の意味をもっと追求しないと、
他人中心になってしまいます。

うぇ！うぇ！うぇ！うぇ！[illegible]！うぇ！うぇ！[illegible]！

〈汚名のビル〉

すこしずつ物事を知っていく。
必要にせまられたり、興味に任せたり、義務感におそわれて。
たくさん知った方が良いと思う。

ここは男の部屋だ。
動物的な自分にいや気がしている男も女も、そのうち転換期は来る

刺激と反応のくり返しだ。
人間ていう高度な感覚体を刺激を与えることによって期待した
反応をおこさせるのは、難しそうに見える。

すこしずつ物事を知っていく。
必要にせまられたり、恐れにふるえることから……。

「悪いことを覚える」と言う。

ぼくは「くだらない」とばかにすることと、
「できるんだ」という希望的気持ちと、
この程度の所有物と時間によって成り立っている。
そして恐れている。
そして信じている。
そして絶句し、順応できない状態になる。
そして「ばか」と言われるだろう。
「愚か者」であってしまうだろう。
「ぼくの世界」はくずれ落ち、
またいっそうの「愚か者」になっていくだろう。
ぼくは「くだらない」とばかにすることや、
「恐れなくてもいい、
ぼくにはこれだけの所有物がある」
自分に言い聞かせる。
「ノイローゼなんだよ」と言い聞かせる。
「ぼくは誤っているのだ」と言い聞かせる。

暖かいふとんの中で。
暖かいふとんの中で。
暖かいふとんの中で。
ぼくの所有物の中で。

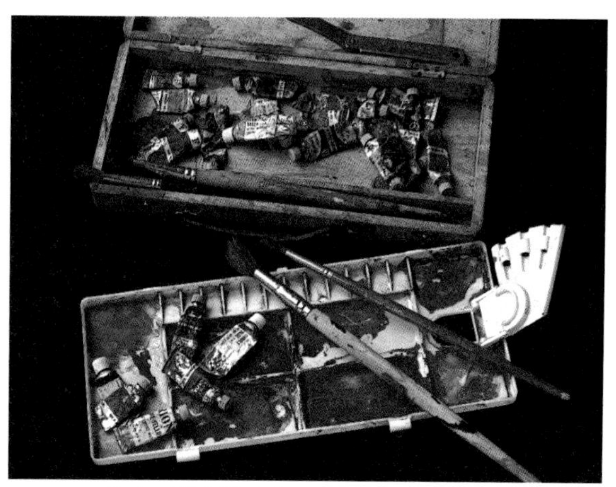

ぼくの所有物は去って行く。
新たな感覚にとらわれて。
ぼくの感覚は新しいものをとらえる。
新しいものを。
今までに感覚したことのないものを。
ぼくは考えはじめる。
残り少なくなった所有物にしがみついて。
ぼくは考え狂う。
のこりがほんのわずかになった
暖かさの残骸を手のひらですくおうとしながら
さらにこぼしてしまいながら。

ぼくに何があるのだろう。

♬愛用の水彩絵の具セット

〈若草色の裸婦〉

砂浜に寝そべって
恋を語りたい
気が合う人といつまでも
たべたいものをたべて
聞きたい音をきいて
見たいものをみて
愛が生まれて
ぼくがよろこんで
その人もよろこんで
そうなりたい

想像力とか、奥行きとか、
快感とか、1977.5.29.
もう行く所がない。
33 1/3 山田かまち
山田かまち

〈無題〉

心にすきがあっては、そこを刺される
心に穴があいていれば、行動にも大切なものが不足する。
希望がある人は生きる。
希望ばかりではち切れそうな人、
小さな、消えてしまいそうな希望を
やっととどめている人。
ああ、かわいそうな人。
人間は醜い。そして美しい。
はるかかなたの土地に、新しい住み家をみつけて旅立つ。
ぼくらは開拓者。ぼくらは鳥。
自由を舞う。ただ飛ぶ。
何も考えない。何も望まない。
ただ飛ぶだけで、それだけで鳥の心は満たされる。
ただ、ぼくは17歳。
きょうの仕事をやらなきゃいけない。
明日の計画を考えなきゃならない。
ぼくは望まない。
何も望まない。

〈ナイフを持つ自画像〉

橋を向こう岸まで渡りたい
自分の足で歩き続けて
疲れて動けなくなっても
のどがからからになっても
明日が見えなくなっても
ぼくのところには真実がこないと思って
希望をなげだしてはそこで終わってしまう
じっと目をつぶれば見える
何かわからないものが

〈僕は…〉

かまち、おまえは
人に好かれるか好かれないかということで
生きているのではなかったはずだ。
おまえは、生きる。
ただ自分の生き方を貫く。
それひとつだけのために。
おまえは裸。
たったそれだけ、おまえの心しか
この世にはない。
おまえの生き方を貫く。
消えるまで、生命が消えるまで、
全ての力を出し切って、生ききる。
それがおまえの生き方だ。
おまえの生き方を貫け、
それは意地ではない。
美しさだ。
今までは人の言うことを聞きすぎた。
みじめな気持ちになり、
仲間が欲しくなり、
ろくでもないやつを仲間だと思いこむ。
そこからおまえがくずれていく。

かまち、おまえはもっと自分を大切にしろ。
激しく美しく生きろ。
みせかけや、
いくじなしなみじめさは、
軽く、安いものだ。
激しい美しさ、真の叫びこそが美しい。
くだらん連中に妥協するな。
おまえにはおまえがある。
人のことは考えず、自分の生き方を貫け。
輝く激しさだけを信じろ。
今を信じろ。
自分を信じろ。
ただその燃える、１本の生命を信じろ。
おまえは美しい。
それは誰がなんと言おうと、
変わることのない偉大な真実だ。
人に悲しまされるな、物事に悲しまされるな。

かまち、おまえは生きることを生きろ。
おまえは再びおまえをつかめ。
おまえは眠っていた。
それをゆり起こして、
さあ、
再びおまえを生きるんだ。
再びおまえを！
妥協は敵だ。
おまえはおまえしかないのだ。
おまえがおまえでなくてどうする⁉
おまえは生きることを生きろ。
昔を思い出せ！

〈絶筆〉

本物の芸術家かまちよ、本当にありがとう

辻　仁成

山田かまちには会ったことがない。会ったことがないのが不思議な気がする。なぜ彼とバンドを組まなかったのだろう。なぜ、彼とマヤコフスキーやアラゴンの詩を一緒に読んだりしなかったのだろう。もしもぼくたちがあの頃出会っていたら、間違いなく、二人は仲良くなっていたに違いない。そしてきっと大喧嘩をして、絶交なんかして、それから何度も仲直りしたことだろう。彼の詩を読みながら、ぼくはそう感じた。

つまり、ぼくが十代の頃に感じていたことと全く同じことを彼も同時代に呼吸していたからなのだ。ぼくは1959年に日野に生まれた。彼は60年に高崎で生まれている。ぼくは最初にロックからスタートし、30歳から小説家、そして詩人となった。もし彼が生きていたら、彼は一体どんな芸術家になっていただろう。どんな芸術家になっていても、ぼくたちはきっとどこかで出会っていたはずだ。もしかしたら、今頃一緒にバンドを組んでいたかもしれない。

ぼくは今日、うまれてはじめて彼の作品に触れた。なぜ、いままで触れなかったのか、それは分からない。何度も解説の依頼を受けたのに、ぼくはそれを引き受けるのを拒んできた。自分と出会う予感があった。それがなんだか怖かったのだ。

山田かまち――

そしてぼくはついに彼の解説を書くことを引受け、彼が残した作品に生まれて初めて目を落としたのだった。

予想通り、ぼくは最初から背筋に電流が駆けめぐるのを感じた。目眩がして、それからフラッシュバックを覚えた。それらの詩を過去に読んだことがあったのだ。

ぼくは次々にページを捲っていった。これも知っている。これも知っている。この詩をぼくは知っている。予想以上の衝撃だった。

いろんな作家や詩人に影響を受けたが、これほど自分に似ている人と出会ったことはない。

これは紛れもなくぼくじゃないか。十代の頃のぼく自身ではないか。

ぼくは山田かまちの詩の本を閉じると、慌てて押入を漁った。ガムテープで厳重にパッキングされた段ボール箱をいくつもひっぱりだした。表面にはマジックで「決して十年あけない」となぐり書きされている。中には「追加、三十年あけない」と書き直されているものもある。それらは、ぼくが過去に書いたり、描いたり、録音したり、撮ったりした作品を眠らせているタイムカプセルなのだ。

ぼくは一番古い段ボール箱を開けて、中に仕舞い込んでいた中学生や高校生の頃の詩のノートを取り出した。すっかり忘れていた十代の自分。ぼくはあの時、こんなことを考え、こんなことに夢中になり、こんな風に世界を見つめていたのか。

そしてそこには、かまちがいた。ぼくは両方の詩を読み比べ、思わず微笑んでしまったのだ。まるで生き別れた兄弟に再会したような嬉しさがあった。

ぼくが十代の頃に書いた詩や小説が、かまちの作品と同じほど早熟で素晴らしいものだなんていうつもりはない。そうではなくて、ただ、同質の匂いやエネルギーを感じるのだ。(エコーズの初期のレコードに入れた詩は十代の頃に感じていた詩を20歳の時に手直ししたものなので、ぜひ一度比べて読んでもらいたい。本当に似ているのだ)

山田かまち。

ぼくは何度も心の中で彼の名を口にした。もう肉体が存在していない彼は、しかし、明らかにこうして残された作品の中に生きている。ぼくが彼の本を開いた今日、彼はぼくの中で生まれた。彼の本を今日開いたあなたの心の中に、また新しい彼がその瞬間生まれる。

これは凄いことだ。

そして彼の詩は一切風化せずに、その若々しい思想の芽は、この1996年現在でさえ、微塵も失われていないことが分かる。そしてそれが分かる人間たちが、まだこの地上には無数にいるということがぼくには嬉しい。

どうして山田かまちとあの頃出会わなかったのだろう。出会っていれば、ぼくたちは絶対に友達になっていたはずだ。

そしてぼくは今日、やっと山田かまちに巡り会えた。

ぼくと同じようにこれからも彼と出会っていく人達は増えていくはずだ。しかも、彼が生きていた年齢と同じ世代の人達は、今日ぼくが感じた興奮よりももっと大きな共鳴を得ることになるだろう。

それが本当の芸術だとぼくは思う。

『山田かまちよ、遅ればせながら今日はじめて君の声に触れたよ。間違いなく君が生きていたという証をぼくは受信したよ。

ぼくと同じように、これからもっともっと多くの、似たような感受性を持った若者たちが、君が生きた証を受け取って、成長の一つの指標とするだろうよ。

君のその早熟は、今という困難な時代にはとても大事な芸術の樹となって、人々の心に果実を実らせていくことになるはずだ。ぼくも今日、失いかけていた「純粋」を再確認させて貰ったよ。ありがとう。

人間は必ず死ぬ。しかし、問題なのはね、どう生きたかということだよね。君は良く生きた。激しく生きた。一生懸命生きた。君が必死に何かに取り組んでいる姿が、涙が出るくらい良く分かったよ。

君の残した美しい作品は、人間が生き続ける限り間違いなく存在しつづける。君の作品をずっとずっと残すために、残った者は頑張って生きなければならない。地球を美しい青さのままで残さなければならない。

自殺なんか君は絶対許さないよね。逃避なんか絶対君はゆるさないだろう。君はみんなに頑張れ、と言いたかったんだよな。

不思議だ。君がもういないなんて。でも、なぜか今、君にとにかく感謝したいんだ。ありがとうって言いたいんだよ。皆を代表して、そう言わせて貰うよ。

本物の芸術家かまち、本当にありがとう。』

山田かまち　略年譜（父・秀一氏による思い出の記述）

1960年（昭和35）
７月21日早朝、高崎市赤坂町にて、山田かまち誕生。
父・秀一（高崎商業高校教諭）、母・千鶴子（日本専売公社社員）。
母と共に一年間、公社託児所に通う。

1961年（昭和36）　１歳
高崎市倉賀野町に転居。昼間は母方の祖母と過ごす。
青色のものに限り、風船を好む。

1962年（昭和37）　２歳
ミニカーを好む。青色を好む。

1963年（昭和38）　３歳
浜田広介『あいうえおのほん』、ひろすけ童話に熱中し、隣家の友人と一緒に親に読ませ、暗唱し読むようになる。
スバル360をどの角度からもスルスルと描けるようになる。

1964年（昭和39）　４歳
平仮名、片仮名の読み書きをはじめる。
５月、鯉のぼりを何時間も見つめ、泳ぐさまを描く。
テレビを中心とした怪獣ブームの影響を強く受け、自分で怪獣の動きをしてみては絵に描く、ということを口も利かず熱心に続けていた。

1965年（昭和40）　５歳
倉賀野保育園に入園。迫力のある怪獣を描く。

「自然の観察」という絵本を愛読し、自然の動物の絵も熱心に描くようになる。

1966年（昭和41）　6歳
倉賀野幼稚園に入園。怪獣に熱中し、恐竜について深く質問するようになり、氷河期の襲来、恐竜が栄え、滅びていった歴史などに興味を持つ。幼稚園に出かけても、通園途中に戻ってきて、恐竜の本をもう一度読んでもらってから出ていくというほどの熱中ぶり。

1967年（昭和42）　7歳
倉賀野小学校入学。同級生に元ＢＯØＷＹのメンバー、氷室京介君（ボーカル）や松井恒松君（ベース）、イタリアで活躍するソプラノ歌手、出来田三智子さんなどがいた。クラスメイトの注文を受け、怪獣の絵を毎日何枚も描いて持っていく。
担任の高橋先生から専門の黒板を与えられる。
夏休み、初めて詩を書く。高橋先生はこれを機に、詩や作文の指導を始めることになったという。ピアノを始める。

1968年（昭和43）　8歳
怪獣を描き続ける。高橋先生との毎日のおてがみノートの指導を受ける中で、「ガブちゃんの冒険」という物語を書き、原稿用紙25枚ほどの小説にした。先生を姉のように慕う。氷室君や松井君などクラスの友人と怪獣ゴッコをするグループを作り、怪獣になりきって遊んだ。

1969年（昭和44）　9歳
芸大出身の竹内先生がクラスの担任となる。冬休みの自由画の宿題に動物画約30枚を描く。ポスター展などにも入賞。
友人数名と切手収集を始める。